政治、歷史、權力、典律、策略的大人，才是真正摧毀文學最後價值的罪人。

沒有多久，他就交出了首部詩集《雙子星人預感》。

這時期的他，於我而言是陌生的，因此我只能從其他的評論文字中，拼湊年輕詩人的生命圖景。借用黃羊川在序中的譬喻，當時的李雲顥，是神聖王國中的鍊詩術士，即便他失去權杖，他仍會在另一個次元中，成為與這個世界相反的王，正如他在〈少男的復仇〉詩中所宣示的。

但毫不保留坦承一切的年輕詩人又在自序中說，這些終究是一種迂迴的姿態，雖然詩能夠帶領他探索與挖掘自身，但那反作用力卻又讓他不斷閃躲，這構成了《雙子星人預感》的全部內容。

然而，究竟有什麼要閃躲的呢？現實的真相？事物的核心？生命的驅力？自身欲被歸類但又本能地抗拒的慾望？

尋尋覓覓，年輕詩人在生命的旅程中撿拾著答案，但也許尚拼湊不出一個真正的形狀，因此有了我們面前的第二本詩集《河與童》。

與前一本最大的不同之處在於，年輕詩人不再迂迴，他直面這個世界，目睹著或溫暖或殘酷的人間風景，試圖探問自身的座標與可能的動向。

原本華麗的雙子星人，在這個階段褪下了他曾經領略的宇宙風景，潛入時間的無岸之河中，異化成為河中的童子。河承載著世界捎來的訊息，以及童子跟外面的人接觸，想去愛，以及被愛的欲想。也因此，河作為年輕詩人生命出口的隱喻，傾吐著詩人對世界的種種想像。然而，作為童子的詩人卻又苦惱著，會不會渡過了河，就會異化成河童？或者說，其實自己原本就是帶著童之假面的河童，在渡河的瞬間，就會驚覺到自己不堪的真身，甚至被這個世界辨識出來？但也許最原初也是終極的恐懼是，不論詩人究竟是否為（河）童，就像那個浦島太郎的故事，以及華文現代文學的那個隱喻一樣：「我們再也回不去了」。

童與河童，是李雲顥的生命鏡象，也是反身擬想的兩態，是雙子星墜落後，緩緩爬／游行的心靈紀錄。敏銳的年輕詩人／（河）童在詩集中毫無保留的呈現著種種思慮，作為一個感受到生命孤寂本質的〈掘井者〉，在〈驟夜〉中渴望卻又畏懼著光，擔憂著會不會〈生命來了，我還沒準備好〉？有沒有面對夢醒後的〈不流淚配方〉？就算有機會能轉生為勇敢把握情緒電擊棒的〈柔軟武士〉，卻也還是在〈臉書晚禱〉著諸神能「**保存我河童的靈魂水波**」。

生命的確是種苦行，而我們都是在那無岸之河中必然交會的行者，不論將會以雙子星人、童子還是河童的樣態相遇，我仍希望李雲顥能夠記得，他最脆弱但也是最有能量的宣言，那是在〈異形〉中說的：

雨下的更嚴厲了
即使是一異形我也要和世界一起

而我們其實一直都跟他在一起。

序二

以脆弱冶金：

李雲顥詩集《河與童》

楊佳嫻（詩人、清華大學 中國文學系 助理教授）

寫作能強，能久，能深，必須有一源源之發動力。

李雲顥寫詩，它的發動力是什麼？不勞讀者迂迴搜尋，《河與童》開頭第一首詩第一句就是「因為失戀」，最淺也最深的理由。如此坦白，卻不從寬，而從緊，給自己穿小鞋，讓自己戴上帶咒金箍。雖然詩集裡「我的心」實在被強調太多次了，稍嫌濫情，但是那是血淋淋捧出來的，我願意將之視為坦誠的美德。情之投注，卻不得允諾與回報，足以使人應聲而斷（軟），卑微自沉，佝僂如蟲豸，亦足以使人變形徘徊，壓抑內爆，上升如大到不行之烏雲，而詩，即是烏雲中提煉出來的金邊。

這也許是我的偏見：情詩的奧祕在於脆弱，脆弱然而帶電。這同時也是李雲顥寫詩的武器，他以脆弱冶金，那烏雲金邊裡是隱伏雷電的。

那麼，如何以脆弱冶金？怎樣將烏雲逼出雷電？我以為李雲顥至少從兩方面著手：一是自居異位，追認異形；二是不哭反笑，以笑聲翻轉態勢。

〈含珠〉裡強調了三次「異」：異人、異物、駭異，然而，正是異質的存在使得珍珠成其可能。〈有天打給你（燈亮篇）〉裡描寫鼓起勇氣打給愛慕對象，交談間彷彿有塑膠燃燒熔化，卡在你我之間——是異物。〈有天打給你（異形篇）〉則直接控訴對方是異形，否則怎能燒穿層層修補好的太空船？既然如此，最好自己也是異形，同類才可以相親，排排坐，吃果果，可以被拍成可愛科幻片。〈異形〉一詩是對異形的愛情宣言，沖垮、支解、毀滅，都不能阻擋那意志。〈**海夫**〉說「**我是被／一整個世代拋棄的／棘手的刺魚**」，〈**欸唷**〉裡說「**我還要／愛自己的面皰／與貧窮／格格不入／這世界／沒見過世面**」，都是以卑微、放棄的姿態，彰顯出異質，不避諱醜怪，且強自攬鏡自照那醜怪，並以這異質釘好屬於自己的位置。

另一位好寫異形的詩人是孫維民。他筆下的異形是病，與寄居的身體並存共榮共滅，像是針鋒之敵，又像是親密愛人，像是神，又像是魔鬼。李雲顥的異形也具有以上特質，不過，他的異形更聚焦在愛與愛人，自己則是被吸收、同化、感染的對象，或是指涉自我，認同異物特有的存在感。

再來是笑聲。〈告白〉是如此深情款款，願意奉獻一切，供養愛人，可是，下一首就出現了〈告白失敗有人尷尬2〉，以「研究所招生困難」和Spivak的Can the Subaltern Speak？（底層人民可以說話嗎）的梗合一，挪用拼湊瓊瑤歌詞、夏宇與鯨向海詩句作為美好象徵，而自己所遭遇的，卻是招生困難、無法言說的囧境，「**我卻是破／當你是一顆帥氣的泡泡**」；更進一步，將「我」與「卻」、「你」與「確」連繫起來，「確」是確實，「你」的品質無可質疑，而「卻」則是轉折、惋惜，因此出現了「**你確是世界之總和／我卻只是相機**」之類的從屬或對比，「我」始終無法完整納入「你」，詩的結尾顯露出悲傷到底後，自己噗哧出來的苦笑：「**你是我的肉　我卻是生鏽嫩肉槌／你是我的菜　我卻是故障果菜榨汁機**」。

菜肉刀俎欲望的話題，在〈醜的美德記〉得到延續。這首詩寫愛情不順，老被打槍，那種自己與自己的身體相依偎相痛惜的畫面：

非菜的我必須愛惜
愛惜自己的肉（大部分／是贅肉）
我必須比未來的情人更
猴急，熊抱，貓叫春——對自己

面對〈風、流、美〉裡說的「**有些／美，真真如小刀迎面飛來／你沒法接招**」，李雲顥以自嘲笑聲遮掩早已被恐怖之美震碎的肝脾。〈河童去見洗頭小姐（妹）〉，題目已經夠幽默，詩裡以歌謠般的輕鬆口吻，把水下沖洗的髮流與思潮結合，「**流過來流過去／髮流水流意識流／河童的唱反調哦／現在／我好像一個快樂哦／我好像一個放鬆哦／我好像一個風流哦／我好像很帥／很值得被詳細**」，那省略掉的、故意跑掉的「端詳」或者「對待」，簡直好像是洗頭小姐（妹）聽不下去直接按下切歌鍵一樣。在洗頭小姐（妹）的眼睛和手指下，自己時常被厭棄的那顆頭面得到了罕見的溫柔，進而使詩人產生了也許自己是普魯斯特的幻覺——洗頭小姐（妹）從來不知道自己有此種救贖功能罷。

最後，我想略談一下李雲顥在詩中對於寫作者的看法。貧窮與熱情，往往同時出現，前者當然會使後者承受壓力，熱情也熱得崎嶇。而之所以可以持續，是自卑中有自信，然而同時也得把身與心都壓進去。因此，毫不意外會讀到這樣的定義，〈詩人〉：

一口一口吞食自己
身軀前後都是反光物
我一邊咬齧一邊朝它凝視
鏡子裡的鏡子裡的鏡子裡……

自食自齧，使人想起魯迅〈墓碣文〉：「……**有一遊魂，化為長蛇，口有毒牙。不以齧人，自齧其身，終以隕顛。**……」、「……**抉心自食，欲知本味。創痛酷烈，本味何能知？**」李雲顥是愛詩的遊魂，自我消滅是因為「欲知本味」，這痛切的追尋才能使他在文學世界裡持續生產。在另一首詩〈作家〉：「**一輩子只兜售一樣商品的職人／他能體會，神的寂寞**」，神何嘗不是一種異形，甚至，是一種癡人——執著過度，難以自遣。〈作家〉這首詩既是鄭愁予〈野店〉「**是誰傳下詩人這行業？黃昏裡掛起一盞燈**」的尖銳版本，也是木心「明哲與癡心」之說的一種駁詰或補充。

再一次端詳那渴望柔情、渴望被當菜當肉的詩人，這首〈柔軟武士〉正是他的寫照：

在哀傷中
我雄赳赳氣昂昂

勇敢把握
我情緒的電擊棒

目錄

河與童

ch 1 雨的統治

ch 2 非人間層祕藥

ch 3 我的逃亡就是滯留

ch 4 在幻想地

ch 5

雙子星再預感

ch 6

美的美德記

河童渡子

ch 7

（不）登大人的完美生活提案

河與童

「除了美力、自癒力、生薑力、空腹力，
我們還需要……雨神力」

——《李雲克利特哲言錄》（李雲克利特，Liyunκριτος，534—474 B.C.，希臘哲學家）

雨神力

因為失戀
雨神偷給我好處

祂要在我回家路上
賜給我雨神力
不經意
把我淋成落湯雞
折返奔離，離家越來越遠
（能離什麼越來越近？）
遠方，我的身影好小好黑
希望某人看到能夠濺起一滴同情與不捨
偶像劇裡：雨的可能

雨的統治

地心

把我的心取出
埋入地底
遂有了引力
使我
不致被回憶吹散

含珠

在我體內
有一個你
一直以來
一直以來
鬼魅般的
（異人之愛也是異物之痛）
心之所以駭異

「在新約聖經中，當時住在拔摩島寫作〈啟示錄〉的約翰，曾談到米迦勒率天使大軍對抗龍、撒旦與他的魔鬼兵團這一場天堂大戰（〈啟示錄〉，12：7-9），並提及撒旦及其部下，與欺瞞全世界的蛇，如何遭放逐而墜入人間。然而，在波斯人的版本中，上帝創造了天使來讚美與崇拜自己，接著上帝創造人類，並要求天使服侍祂的新造物。但是撒旦，又名伊比利斯，是所有天使中最珍愛上帝者，他拒絕向人類行禮，只願意朝拜創造他的上帝。

上帝說：『離開我的視線』；撒旦於是立即被拋入地獄。因為，要讓所摯愛的主人看不到你，只能被驅逐出去——落入地獄。他如何忍受與所愛上帝的分離之苦呢？他在心中留存著上帝的記憶，迴響著祂所說的那句『下地獄去』的回音。」

——Sophy Burnham 蘇菲柏涵著、沈台訓譯，《天使之書》（台北：商周，2010），頁174。

0421

我想我仍在老地方吹奏我的情笛
我想風已經乾了
眼淚的冰流進海裡

我想那不關任何人的事
純粹只是自我與自我嬰屍的故事

而樹枝刺破了天空
即使枯枝，並不覺得它攜帶悲傷

我想我就是蛾
不斷墜毀

我想我就是，就是蛾墜毀於火焰化成的火焰
燒剩的骸骨粉末被吸入
吸入肺裡的是
是我無窮迴圈的暗啞辯證

我想一張畫後面還留著
另一張畫
非得用X光查驗之後
才明白話中有話

我想我將會
將會不斷誤踩薄冰，深陷河底
我想為我
用一種錯誤的方法除魅
不惜將自己放血

讓體內的瘴癘之氣消散
讓自己的苦衷作樂
一切的冥王作亂
我想
那純粹是因為在古波斯神話
撒旦曾是上帝的情人

而我
我曾經愛上了愛
而轉到背面
為什麼神會帶來神的衰弱
夢帶來夢的終結
肩胛骨的淚痕
再再點滴著撒旦的蹤跡
我的上帝，請你走開

有天打給你（燈亮篇）

（像琴弓與琴弦……
……凶手與偵探
夢遊者與發現的人……
那天的線路，是這樣一種關係——

「喂？」）

有天打給你
交談時有塊塑膠燃燒
熔化、焦黑、形成一硬塊
哽在我們之間

有天打給你
交談時有條ＰＵ跑道燃燒
熔化、燒端結珠、散發酸味
緊緊黏附我的奔跑

有天打給你
交談時你問我：「你最近怎樣？」
微波爐亮起幸福浪漫的燈
樂得旋轉儘管我是死掉的烤雞

「你最近怎樣？」
亮燈的還有
落地直角淋浴拉門
這段日子某個人
其實還在我內心洗澡

「你最近怎樣？」——我的內心反覆重播好幾次
當下，就連超人的電話亭也同時燈亮了
你說
我們各自努力
練好身體穿藍衣紅內褲
拯救地球要先照顧自己
我只是想下次
還會有下次吧？
如果
有天再打給你
能不能問我最想問
又不敢問的問題

有天打給你（異形篇）

有天打給你
交談時你問我：「你最近怎樣？」
那句話是你的血
再次腐蝕我層層修補好的太空艙
你確確實實是異形

你確確實實是異形
到現在我才知道：
你機械暴龍的長尾
離開好幾哩還能橫掃我
你強化鋼鐵的外骨骼
我怎樣解釋依然屹立不搖
你輕易繁殖在我體內

情不自禁幻想那場景
可愛浪漫版的科幻片
吃果果
因為異形和異形就可以排排坐

我也是異形吧
我想
這樣偏激的想法
不是共同生長就是互相爆炸
重來另一個文明
開啟自動毀滅裝置
航艦
我決心驅離你的幻影自內心的

我便腹破腸流
沒多久，長成離開了

哀歌（四季篇）

眼皮的反摺收留了
2011年7月2號
一件很輕、很淡的事
儘管如此
時間都已抵達深處
我握住季節萬分之一隻觸手
就感應
前世以前來生以後
巫士的情緣與離棄在一秒之間

I 在冬夜

太冷了
燒自己的腳取暖
腳趾、腳背、足弓、腳跟、腳踝……
「我」無需典藏
火光就只是火光，沒有其他什麼意涵

Ⅱ 在夏夜

這是一個
裸裎相見的季節
我把心的帷幕一絲一絲拆下
縫在皮膚上
你可有看見　我的悲哀？

Ⅲ 在秋夜

我不該任意為神舉辦葬禮
因為樹蔭
樹蔭將與海的陰影聯手回擊

Ⅳ 在春夜

刪除的戀人
定期自夢裡時光回溯
我像以往與他接吻
天使咬住了我的舌頭吞下去
變成了魔鬼
昨日偶像劇今日的驚悚片
我痛哭醒來

哀歌（箱子篇）

I 命中郵差

已經走進我的死夜
天空全是我的盲睛
沒有人會發現
晚上莫名一個包裹
裡頭是你——
郵差說搞錯又重捆紙箱運走了

II 生日快樂

戴上兔耳朵、繫上蝴蝶結
我裸體躲進箱子裡

你打開後，蹙了眉
原封不動退還

十分憤怒這拒絕
後來我想
這樣才對：

把我還給我自己

羅漢腳之心（及宵夜）

麻辣燙的
酸菜
滷肉飯的
甜薑
醃胡瓜．鹹菜心
不起眼的配角啊
彷彿是我我卻要說
「有一個童話故事裡
我可是王子」
……類似這種負片

這一個夜
我還是沒有情人
似乎
終其一生孤家寡人的鼻塞
太可惜了
我偷偷愛上的你們。沒有福氣和我一起
……類似這種自大

所有的路燈
兩兩一組，紛紛墜落
化作情侶手指手指的對戒
光害是太嚴重啦，可恨
誰來糾舉密報
努力回復星河撩亂。大家都是一個人的最初星空
……類似這種守舊

些許油膩的餐桌
前一對留下來的殘羹紙盤
雙雙對照，即使是紙做的也像高級陶瓷般發光
二的倍數
不要餘下我
不要餘下我好不好

喝一碗絲瓜湯
絲絲哀傷抓傷身體內壁
薑的清新也辣痛了我
流浪狗在地上
開始清理他的身體
我願意從羅漢腳變身成流浪漢
勉強
彼此也算一對了

我想跟你好

I

世界很大，卻狹窄
隨便轉身就弄傷
哪一個親愛的人

愛人與仇敵常常互相變身
下一秒呢
身體上的閃爍光芒使我感到遲疑、害怕
現在
現在我們是什麼關係
下一秒呢

Ⅱ

我究竟為什麼持續戰鬥？
倘若
我原本不想戰鬥
從蒙昧的地方走向蒙昧
從出生到死
我是那樣混沌
怎樣走近寸寸分明的你、你與你？
我該怎麼做呢？

Ⅲ

我又不是你所想像的那個樣子
那你是這樣想像我嗎
我所想像的你的想像是否真的準確？

有時我的心
不斷編織很多很多恐怖的畫面
關於你、你與你
迷失在紡紗的空隙中
是誰在尖叫呢
有時我的心
有時我的心

有時我的心
城市深夜房間
光害，特別

最近

最近，你因遠離我而快樂
我練習因你的快樂而不不快樂

最近，神在下方
魔鬼從上方悄悄逼來

最近，左右腳穿反鞋子
走一走發現自己裂成兩半

最近，一百個魔術師都到齊
我終於發現自己隱士的身分

非人間層祕藥

數的宇宙誌

在開始之前
連丁點預感都未誕生
誰發現了「匱乏」這意義？

0
0的出現
有什麼開始鬆動
已經如此完滿了不是嗎？
然而有些恍惚，就要竄出

宇宙是上帝的夢
同時也是上帝自身

夢才剛剛開始，1
那便是1——
包含最小與最大
（一瞬、一生）
同時輻射孤獨與團結
（一人、一體）

1誕生後
許多計數
像是齒輪齒輪的相互嚙合
不甘寂寞、開始轉動

0與1玩得十分盡興
密密鋪成封存的世界
無限與合一的終極祝福，讓
存有再無任何愧歉——

邊境
有什麼偷偷環伺
如同原初神祇不甘寂寞
用身體的某器官
造出另一個神
2的寸寸逼近
預估了排在後面的數的　陸續降生
0與1的網路早已鋪成
供2生生世世
打鬥的遊戲
善與惡
陰與陽
夢以及現實

真理共謊言……

註定彼此對立的孿生子哦

戲已經上演

俗世的洞已經開啟

第3條路

祕密地道

那未被發現或不想被發現的誰啊

（誰被誰發現？）

出生之時便帶質數的孤獨

隱密的惑／亂

我是誰呢我來自何方

進入群數亂舞的戰國時代

4、5、6已經轉世
奇怪的街友走進　街的陰暗地帶
在第7天
手持著7聖物
匯聚7顆龍珠
設立智慧7柱
倒在街的正中央，呼呼大睡
他已夢囈：
「宇宙的終極橡皮圈已套在手腕
今天可以稍微休息。」

8倒放身軀
9重複其諧音
相互暴露自己與0相仿的胎記

彼此辯論誰是
真正的太陽誰只是
土星的某一顆不知名衛星

至於10——
1與0的再次聯手
伸出10進位的赫赫長劍
砍劈12的防禦圓盾。
黃道12宮，一年12月
12門徒與12眾神組成的
沙漠商隊啊
永不到盡頭的持續巡迴
圓
圓的迷戀：
7與10與12的輪迴戰爭線

0至9已經就位
反覆抵消、加乘、錯位
宇宙就是數的狩獵大草原
所有的平行時空啊
一併統攝在數的威權裡
我即將、正在、已經，被一個騷亂的宇宙所震動

書的宇宙誌

I

「如果戀人和最愛的藏書掉在水裡，
你會救誰？」——

II

因為上題選了書
「漂流無人島要帶什麼書？」——在圖書館最深處
這難題，密室的門緩緩打開了

Ⅲ

有些禁書陸續失蹤。
就是這裡了。宇宙的眼波的出海口
當我開始翻閱
跨時空另一個誰自書上讀取我

Ⅳ

書：宇宙的子宮（抑或宇宙：書的子宮？）

Ⅴ

被語言寵壞的書癡
甚至
開始迷戀：紙莎草、羊皮、蠹魚蟲的氣息

VI

書的魂魄與腦波會飲
骨董書經紀人懂得：
書脊壓線真正的來歷

VII

書的排行，比鱷梨或熊的膽汁還要悲傷

VIII

我的每本書都被炸成雞排、煮成玉米濃湯、泡成珍珠奶茶
它們和我最愛食物前三名同樣令人上癮

IX

閱讀太空艙的溼度與氣壓
劇烈與他處不同
生成漩渦，吐不閱讀者出外太空去

X

書腰：水面上的妖精
祂招攬我涉入孤獨
護送至水底
反而開啟無垠的無重力境界

XI

夢想的孤獨如貓
刮磨我小腿，便一閃而過
——銀河書街計畫才剛剛開始部署

樹的宇宙誌

其實我曾來過
儘管我不曾來過。

南泉冷落，北火山熄
遇見知善惡樹，依稀熟悉彷彿
一切分別的源頭
回到出生地
微微的過度換氣與心悸
從前所有的事好像都
想起來了
南泉冷落，北火山熄

有回我是酵母菌，愛慾著釀酒師傅
雙雙迷醉，沉淪
有回我是人類
免疫缺乏病毒，被別人所恐懼
吃下所有的禁果但那又怎樣
當我，下一回也成為果子被風吹離被鳥銜走

東城停建，西港大霧
嬰兒出沒注意。一聲啼哭長出一段枝幹
一出生身體就連結著透明的根幹葉花
以各種體位，姿勢，動作
互相勾連糾纏的家族樹
母樹心，父樹幹，兄弟姊妹充樹葉
阿婆阿公我的祖先我磅礡的樹根系統

還有二阿姨三嬸婆四姑丈架起更多更多枝微末節
是排舞，是慶典，可能是競技，說不定鬥毆
有次我是不肖子
家族的禁忌，被放逐在外
不得返鄉的叔叔
有次我是水蛭子，搞不清
自己到底是什麼形狀雖然
雖然我已經長大
東城停建，西港大霧
現在想來
喜悅或悲傷後來的事好像都可以
不算數了

我繞著同一棵樹做工，並不曉得自己繞著
還以為自己走得好遠。
前村打烊，後店關閉
返抵家屋。果然
回歸原處反而得以出走
我走進正中央盤腿坐下，靜默遇見我自己
遇見自己的脊椎
後來……
我充滿生命記憶的脊椎是一棵瑜伽之樹
在死屍式，在大休息裡
骼骼作響，痠痛作畫
在一切的動作裡面
我反而最靜止
連我自己的
聲音，話語，念頭，想像

全都拋棄
前村打烊，後店關閉
我是我自己的才藝，但
我是我自己的火災

南北東西前後，六個方向
因具皆靜默而偶然開顯
一棵上通天界下抵地獄黃金燦然生命樹
世界一切的總和（十個元素都抵達）
吸收光
卻也造出樹影容納灰與暗
樹冠棲息神明
樹幹下凹處藏匿鬼魅
感天動地，每一月分果子都

成熟，多汁
摘下又立刻長出
樹液樹皮皆可藥用
果核碰觸土地立刻萌發新苗
（十個元素，十個元素）
當然也包含落葉
　　包含生病而一折就斷的樹枝
　　包含腐朽且苔蘚遍生的成群死木
生命之樹
包括死命之愛
循環的史觀
豐美的整體（十個元素都到齊）

我就攀爬上去
目睹樹頂瞭望而出的風景
又信步走到天庭
翻閱著前世的前世來生的來生每一種經歷
就什麼都突然領悟
就什麼都無須再懂得
一切已不再危急是美好的休息
至善寧靜
我彷彿真的來過

樹不動，我不動
樹欲動，休息完畢

（對流層平流層中氣層增溫層——）
我就憑依木質部，自由散漫，心血潮來

天使啊，我請求赦免

夜是一個巨大的洞
共振
我的心
也一個巨大的洞
不知找誰填補
我的墜落持續動作
天使啊
假如我需要的不是祢
如果祢真的長出腳來走到我身邊
仍感覺匱乏
我需要新情人

還是更多隻貓？
需要塔羅牌
或是手風琴？

我常常寫詩
像五千年前的史詩家
以詩　以酒
獻神　撒地
使迷幻的心得以螺絲鎖緊
卻仍時常牙齦出血
時常眠夢雙腿抽筋
天使啊，我請求赦免
雖然
我明白

我沒有錯
下一秒鐘都是新生
我仍有巨大的凹洞

是許多夜
變成凸起的石頭
投擲我
是許多夜
變成凹陷的漩渦
吞噬我
深淵
太湍急了
向下跳幾次都不夠
平息激烈的浪花

走到一處
夜晚比白日多很多的地方
經過一場
秋天和秋天和秋天和秋天
的四季循環
天使啊
祢將以巨大的雙翼護持我
我將以小小的雙手凝聚祢的名字
使風聲靜止
使心流平安

我請求，神

草地上的噴水機
透過整個下午
香檳金薄紗鋪整座孩童森林
那的確是最放鬆的祕密基地
戰壕防空洞克難的遊戲

當然這幾十年我們長成
古老的靈魂還在上路
門前的路還在施工
紅邊白底警告號誌還在路上
好多歲時

祂可能好幾次給予最基本
我們卻總沒懂得的
啟示——

有人渴望失業
有人渴望被退學
有人渴望再一次犯規
我不明白我屬於哪種
想聽遠古的溼壁畫的呢喃
巨石陣、大金字塔、聖地入口發出的呼喚
野獸群聚的地帶
是瀑布傾瀉而下
背後有修行者盤腿合十
和柔軟融為一體

我猜
那就是我的逃亡吧
我想我總是敲錯門
一直渴望找到一個不懂事的居所
我努力翻覆
也不一定會輸

神在這裡嗎
我說的不是你所說的那個——
降下雷電或習於封印它者的那個
神
時機到了嗎我想見祂
「下一位」
輪到我了？

我想先跟不安做朋友
醫生──神──
請治癒我的「堅強」
請帶我一起走
讓我勇於軟弱
神啊
我請求
神

臉書晚禱

媽祖天使啊！一整座天國浮在上空
（祂們的歡快要比雷還大聲。）為什麼
陰影卻投下來籠罩凡間的我

楊貴妃觀音啊！為什麼別人總輕易
縮小燈照身體滑溜過欄杆，越獄而我
身形卻肥大不得越過

阿波羅天照大神啊！我不是很多憤怒都壓抑下來了嗎？
請祢、祢和祢照耀我，使我更堅定，信仰
善良，保存我河童的靈魂水波

我想要像魔神一樣華麗

我想要像魔神一樣華麗
我三十五歲
還青澀無知
四十歲了
眼睛是外星的
每一件事情都讓我驚呼
四十五歲
五十歲……
一輩子不曾熟成
內心
尚未盛開
歲數

就隨記憶退後
連我自己都
以為那是別人
我看起來（在很遠很遠的地方看）
是多少質量什麼品質呢
我好小哦
那麼遠那麼遠
狂風呼呼
我若是有鳥羽之身
就能像魔神一樣華麗
偷偷地，操縱錯覺的傀儡術
大降生咒大轉生曲大霹靂昏聵而醒又睡
遁入幻覺而成為幻覺本身
我是罌粟
罌粟像魔神一樣華麗

I

大力

透明塑膠袋不斷被風吹
在空中翻飛而永不落地

鳥從窗衝進屋內
迷失在房間而反覆環繞飛行

一個閃神，人
走進巨型百貨公司，再也出不來

像從煙囪跌進洞
從迷宮掉進下一層迷宮

（冥冥是有力量）

II

她是盲眼的先知
是頭顱內的異象在帶路

他是盲眼的詩人
是黃昏時洞的開啟在帶路

你是盲眼的雕刻家
是木頭毛細孔的心聲在帶路

她是盲眼的舞者
是早期經驗重複造訪在帶路

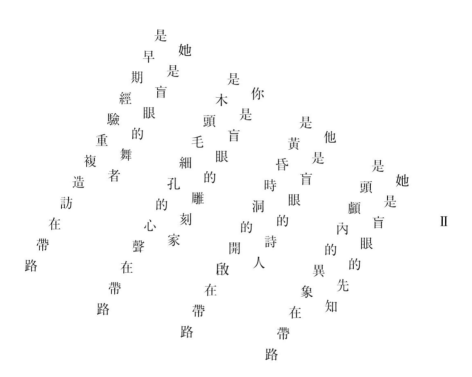

神，祢能不能帶路？

／那是否是祢

翼端還掛著祢的外套

我是盲眼的天使

是變天時關節的疼痛在帶路

她是盲眼的老人

是樹的波浪在帶路

她是盲眼的修女

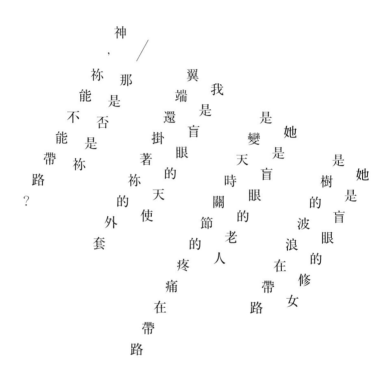

異形

儘管不斷卡在生命的斷橋我也要
爬起邁進
情願不斷被沖垮我也要
懷抱月亮
發誓花的身體不斷支解我也要
再一次愛
再一次愛。

我甘心被毀滅
然後點燃，點燃

雨下得更嚴厲了
即使是一異形我也要和世界一起

當最終與最初緩緩接軌

我在塵世死去
回到上一世
曾經駐紮的營地
五覺最後消失的耳語
竟聽出，與我
出生瞬刻收到的語字相接近

驚愕的全知是死的報償
在燭火熄滅流星墜落的時刻
我察覺

我化作世界
因一切的象徵為己所用
彷彿四元素又回歸手心
當我被周身的無邊神祕接收……

我的逃亡就是滯留

生命來了，我還沒準備好

我在畸形裏很平常
在平常裏很畸形
這就是我的真空

我親眼看到自己的癲狂
確定自己真的瘋了
卻不知是以哪個明智的頭腦判斷

崎嶇山路安上的反光鏡
照映了某個時期的我往枯溪投擲繩索
以為真能拉起什麼，自生命

（決心走向峰頂，做什麼呢）

生命來了，我還沒準備好
所以哭
淚滴到枯竭的河床
腐蝕冒煙而滋滋滋響
生命來時
我還沒找好房子
就變成裸的寄居蟹
在早期已發生並持續進行的
刺——穿刺——
很多居所被毀壞
生命來了
我沒有軀殼盛裝
就在大街上、城市裡
周遭街景對應物
都淪為

我心的暴君

掘井者

I

不斷吶喊
並生著無法治癒的病
我十分迷糊、迷惘
努力挖掘，是讓自己的痛
變成
更深的下陷
或者
礦工的頭燈？

困在井底
仰頭看見人們優雅又溫暖的微笑
眼睛有狗狗的眼波的柔軟
他們向下一瞥旋即消失
慈悲是太遙遠

II

為了解決孤寂
我動用一生的眼淚
井水面上升
浮游生物現身陪伴
我看得見
極細極小的一切
因我曾經歷
那微小的裂縫是如何瓦解生之契約

泉水已經來到不是嗎

我聽見渴在喊叫
便更加勤於挖掘出口的祕徑
盡頭的光使漫長的一生化作瀕死者的甬道

Ⅲ

一點點光也變得太刺眼
漫長的一生，一輩子不斷不斷告別

天使藤蔓從地面伸向井底纏住腰際企圖保送我
我渴過了頭視為蜘蛛絲割斷一切的救援

／掘井者2

「不死男孩的乾枯」

困在井底
一路向下
必定的閃電劈下
心的海溝已經大火
在焦頭與爛額之間
匍匐進入地底洞穴，有不死男孩
在我肚腹內稱王
我的逃亡就是滯留
在冥界受縛、受挫
被貶抑出行星之外
恆久、恆久……

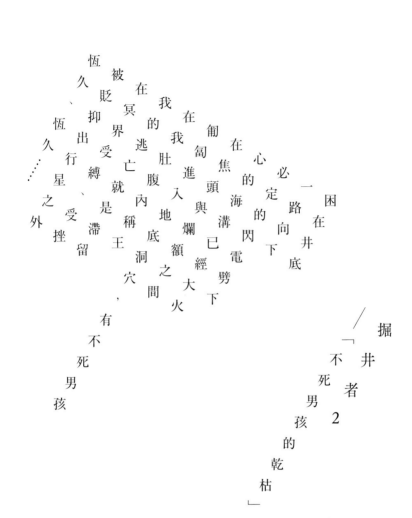

一個男孩不願意長大，或許他有根本性的蒼老
沒有誰知道
連自我都遲疑
德行分布在兩極
對時光特別焦慮
但不死男孩寄宿體內
成年禮：把童年期的自我殺死
飲下人血、遂行割禮
升級為嶄新的英雄
但做不到
就繼續坐困井底
不死男孩投擲生命往
不祥的積水與斷斷續續的回音
施法固著自己
不再長大了
眼見同輩的長成與勃發
也有隱沒與被隱沒的乾枯

你好嗎

「你好嗎
我很好」
自問自答而靜默
迅速包圍所有畫面
畫素粒子　更輕　更灰
與我對立的敵人啊
我們追尋的是相同的東西

我想愛人
我害怕人，人
人——生——
生病之愛

被攝影存留
所有的話——花——
成為骨灰
清洗世界所有的台階

我將在所有場合遇見你
無論如何避不掉你
將一邊清掃墓碑
一邊認清
這一整件事

我將變成天使
如果我體魄強健
我將變成愛
如果不再說：請不要離開

核分裂

——「起於渴／終於藹／念的平息／我想變成普通人」

我很搞笑
大家很開心
世界核分裂
我只有一個人在自己的結界
偷偷哭
又放肆笑
變色龍在盛宴裡
本尊在千里之外更之外
我有多少種顏色
祕密就有多少個

房間變成無重力而不斷擴大
盡頭到底在哪裡
城市的蜃樓幻影
基因混亂基因
心產生疾病
空氣產生塵埃
今日核分裂
我還可以安上
正常
的假面
假面裡面還有假面

0724

好像傾一生的力
下注某希望
終將賭輸所有可能喪失的
——人生的一切、人的一切、生命力、the present
且永不回本
好像千千萬萬的作品
都是心的甕底
原初的那首詩
的分身——血淋淋、溼漉漉
黑牛奶
不斷被惡夢召喚
一首會砍人的詩

許多果子
彈跳打在所有化妝的死人上
所有畫死人妝的活物臉上
雖然手握彈弓、往下看
我的腳踝逐漸透明
我的腳呢？
我到底是天使
還是鬼魅？
想像累了
即使
微型嘉年華萬國博覽會都
在最平常的日子裏面誕生
想像累了——我敬愛的守護神——
祂不想睜開眼

有些詩
在天空中還沒投胎就
魂飛魄散了
像是那些沒跟上的隊員
永遠、永遠
消失不見

敘事治療

一首首詩
就這樣寫出來了
一條條糞便
就這樣排泄出來了

一首首詩
就這樣寫出來了
一把把刺槍
就這樣治煉出來了

一首首詩
一顆顆要停止的心臟
一首首詩
一張張快要隱沒的臉龐

一首首詩
就這樣寫出來了
一碗碗黑血
就這樣釋放出來了

一首首詩
一首首詩
一首首屍
一首首詩

詩人

就著寫作
一口一口吞食自己
身軀前後都是反光物
我一邊咬齧一邊朝它凝視
鏡子裡的鏡子裡的鏡子裡……
那排列，終於呈現我究竟的真實——
殘骸比肉身還巨大，癮比血還浮泛
閃逝折射而積累的動能
足以毀滅心智的全部歷史
最後：
齦牙在吃我、殘餘物象徵我
詩人一生
乃因無處可供追憶無人可共傾聽
而留白

作家

一輩子只兜售一樣商品的職人
他能體會，神的寂寞

在幻想地

你來我的演唱會

你來我的演唱會
把我當作世界的歌者
詩總充滿高低音衝擊
從空氣突然出現的人啊
或者那就是你——
我喜歡偷偷觀察你
想像你的身世
像海賊
反覆翻閱可能的藏寶圖
即使每天見面
我施展高強的讀心術：
你過得好嗎
你憂傷或快樂

昨天凌晨你和枕頭旁邊的情人吵架
或者，你已經孤獨好久好久
（面對大家還得強顏歡笑——）
我們不太認識
或者你早就明白我多三八幼稚
你要是痛苦
我會偷偷搧動水波浪
讓你充滿粼光防護罩
如果你平安美好
我也乘著鴿子翅膀
要和你一起
種子散播生命
榕樹散播精靈
謝謝你來看我的演唱會
你用眼神為我朗讀，詩
其實不需要語言

彰化往台中經中山路復興路

從家騎車到鄰縣
市與市之間
荒廢的田
大視野及雜草叢
鐵路遺跡、鏽味風
中間地帶
無人看管
無人知曉的旅人頻繁
往返招致的時差時差交會
遺漏多少分秒

時間於此故障
地圖無法顯示座標
鬼魂穿梭的洞口
就是這裡
就是我

就是我
一邊騎車一邊亂飛
三魂七魄
心緒多年以來，從不留心車況紅綠燈
每次經過
只想被吸收，只想被吐納
被駛進
炎熱馬路上
四腳朝天流浪狗：酣睡夢之國

貓又信義南街學府路

I

滿地星霜
玻璃砂瀝青的人行道
夜間機車停車場
我看見青春以鋼鐵以塑膠的形象示現
路燈與地影相互交涉
咆勃爵士的狂愛

我走進一座機車之城的脈搏裡
時間的刻度傾斜一單位
誰都沒察覺

星象會主動
拼湊成主人的模樣
月亮亦偷偷
跟蹤被選定的那人走

Ⅱ

路經加油站
很多古代生物的屍體再次轉化
很多能源醞釀叛變
很多偷偷

偷偷，超級市場背後
一座隱形的國軍舊址
兩輛戰車之間
一隻失去一半的貓
眼神警戒，不安
像剛踏上「異地」的「故土」的「僑生」……

像搭到反方向的公車
在日常的另一頭看見了
家中斑比在另一次元的另一模樣
貓又
迷惘，且迷離
一個微弱幾乎不可聽見的聲音：
「我就是這樣存在著的。
我就是以這種方式活下來的。」

滿月與大路騎車群樹風

滿月與大路
狂風呼呼卻不太嚴酷若在冬之半
前座米格魯垂耳不斷飄打
呼嘯而過騎士的瀟灑
悲傷之半。
「你今天
可以
陪我玩嗎？」—
有些希望
被變不見好久又隱隱浮現局部

校樹行道樹建構的結界
樹瘤妖怪聚
枝幹紋理
是蓮蓬頭水流的洗澡
我也還在
異位皮膚炎（肉芽滿臉的怪物）
嘩嘩聲走漏被拋棄的記憶
還不斷想
有天
雙魚換成寶瓶
世紀走過世紀
不傷心
愛之半

空氣炎

煙火拂仙
天空美鑽
凍到不想開屏的天氣
嗶嗶剝剝的阿根廷
使月與星相形
失色的最美的空氣炎

✡

暗潮
波雲
一年回憶轟天雷
謝幕

換檔
華麗的數字再襲擊
被光輝損傷
（他人灼目的青春）
明年我還甘心
甘心再輸給自己

·2012年12月31日 23:59中興大學化學館頂樓。

東海書苑偶見

路邊鴿子走走跳跳
吃著地上的米
牠們把街道
還原成泥土
是牠們的動
打開了靜默

寂靜
比全人類所寫的詩的總量更有詩意
寂靜
世界上唯一能反抗時間的裝置
寂靜

974
725
436
368
026

宇宙常數不斷暴動
在最極致的靜默中
我就用
對統一發票的眼神稽核牠們
而對中

我全然的自由

喪拿

我死了
砰。
許多蒸汽
眼鏡起霧
白白的
白白的有很多

我死了
喪拿
慾望流到地面
和白白的水一樣

流到蒸氣室門縫
不斷偷看

水色幻想曲

幸好我，被遠行之爪抓起雙肩
跨緯度飛行在季節與季節交會
無聊與狂喜翻頁間的
空白；現代方舟
救贖我
更熱、再更熱
從岩漿式煩躁緩緩出境
這正是我夢寐以求的未曾作過的夢
渡假到花東，不思議

等待

從浪裡傾越而穿的藍色的傳說
像世人等待永恆的愛情
我等待自海面躍出，但
無聲無息
沙漏換置千百次
液體在體內慢慢滲出
心裡有苦，海有大面積的稀釋

守夜人都要提燈出現
精靈卻遲遲未至
於是說服、被說服
假想他們不滿月亮重力的規律正開會討論
或假想她們即將移民到三角洲所以練習神祕

假想本日公休
這一回沒有主題曲
如同自己，不加班也不看星座運勢
只享受著海浪拍打出的沉默
聲音很大卻能靜心
彷彿不見卻能預見
海豚在幻想曲裡面進行液態奧運
爭相跳躍而出……

我是被
一整個世代拋棄的
棘手的刺魚
或
被自己的幻想所強制帶走，自外於
一整個時代（到底是哪一種？）
「被淋溼有什麼好？」
「不被淋溼有什麼好」
雨水的冰墜入海底
海
海
更深，更滲
入所有海底岩石所形成的後座力

（畫外音說）
（我將反問）

海夫

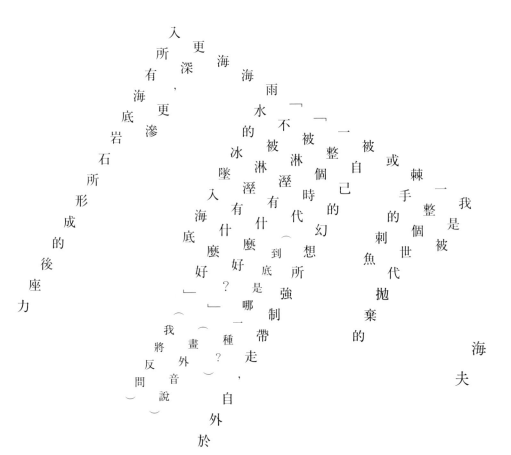

一邊緊急，一邊賴皮
一邊優游，一邊逃逸
就變成整個世界所憤怒的棘手的刺魚
我一甩
七心七箭的魚尾
關於潛水夫來來去去
呈現與存在）
（每一種結界都以頭腦想不到的方式
另一個結界）
（原來另一個結界還有
到了另一個的結界
所有著迷的潛水夫來來去去
而波浪灌注我著迷力量
上揚
反而攀升

蝙蝠俠

掉進洞口
持續向下
為了阻止等加速度墜落
悲傷悲微的黑噩土
我長出皮質翼膜化作降落傘
到最底部飛昇而成蝙蝠俠
勇士得以翻身

柔軟武士

在哀傷中
我雄赳赳氣昂昂
勇敢把握
我情緒的電擊棒

動起來的春天

寂靜的春天，消失
寂靜的秋天，消失
在這個只剩夏冬的循環裡
為了明日的記憶
每個人都須和水溝旁的上裸少年一樣
透風，奔跑
計算自己的步伐：生態足跡、碳足跡
為了一半是人工、一半是人工的自然
彼此廚房中興、農地光復
純粹醒心、體內環保

像分子間的電子
交換，驅動
微小又磅礴的
光合，作用
一樣，隨時熄滅無用的電源、自備環保杯袋筷、多走走
小蝴蝶也有美效應
5，6，7，8，預備反
核1，2，3，4，做運動
甩手、擊掌、皮拉提斯
生病的土地也要努力復健，吶喊，停止
一切不良的作息
地球暖化了……
手機的面板黯淡
再也沒有北極熊、珊瑚、龍蝦發來line的訊息

大地反撲了……
維基「生態主題」頁面自動關閉
台灣雲豹與穿山甲
拒。絕。再。玩。
我將用對鄉的愛
來愛我的城市和公園
我將用對土的愛
來愛我的瀝青混凝柏油路
我將用對瀕臨滅絕生命的愛
吃素，撫摸家中寵物
行動、行動、行動
最快活

雙子星再預感

每一出走就是誕生

青春敗愛
癮頭藏身
因變動而感覺錯
而感覺挫折。酗
物理上的逃亡
來來去去搬家好幾趟
好些年，變動的青春碎成片片
竟組成時間的全部
騎車恍神突然驚醒
紅燈路停一位鬍渣騎士
揹大吉他腳踩著節奏臀部線條

是那樣好看
每一踩踏就一支斧頭墜入
心湖湖心：而浮起一把鑰匙
打開我不斷藏匿的
情慾的地牢
青春拜愛
癮頭焚身
現下，動員重新戡亂
亂就是我
亂就是唯一的臨時條款

情人節

草莓日
圍巾的好朋友
在冬天與春天的鐵軌交會
街上寒冷得發亮的手指交錯
袋鼠跳躍般膝反射
不假思索撥電話給你
面對：內心一千句困擾與遲疑
都是遠方的側影側影
登高必自卑
將愛又反悔

人類純情詩 2

I

靜脈
↔
憂傷

你那兒的血管太美麗

青青的

我的憂傷也想定居在那裏

什麼同類都因0.01mm/s的震動而刻意沉默
許多在地表五十公分游泳的毛腿哦
探測相同費洛蒙的化學分子式
你的腿毛變成貓鬚

Ⅲ

腿毛
↔
毛腿

你的汽油向理想就讓我雙頰酡紅
或者
你的眼波的啤酒為我加滿汽油

Ⅱ

啤酒
↔
汽油

變態少男想人記

第一次以想像力的觸手
穿搔過你的瀏海
那時，你在我旁邊
剛睡醒的學生褲＝整個宇宙
憋得像是窄仄的密室
我的眼睛呼吸困難
我的腦筋啊斷海默
所幸嘴巴心機哽塞
純情割愛男
損害最初的癢與饞

那些微熱的心
再也約不出
我總是小心
左右來車停看聽
曾經趕路的踏板，變速，更快
如今的夢
再也不肯為誰落鏈
人家不來了……
你自己看著辦

推心滯腹

想你的人是不是如你的文
想你的恩是不是給我的情
想你的菜是不是我的肉，同時
想你的肉是不是我的菜
液體乾涸，固體鬆軟
都什麼時候了
總是我構陷自己在尷尬（所有的押韻狀態）

告白

我方形的胸膛是套房，借你住
我雄渾的胸膛是碑石，讓你刻
我汗臭的胸膛是香水，給你聞
我焰火的乳突是硬幣，供你花

告白失敗有人尷尬2

I

「我也不喜歡你，你不過是我退而求其次的對象罷了」
「我也不喜歡你，你不過是我退而求其次的對象罷了」
「我也不喜歡你，你不過是我退而求其次的對象罷了」

……

招生困難
候補至17位　亦無人報到
撂下17次　見笑
當生氣的話
我摔至第18層地獄

底層人民可以說話嗎？

Ⅱ

他是牧童而她是小羊
他是風兒，他是沙
她是霧，她是酒館
（她像湖／他像虎）
她是銀河系，他是焊接工人
……

我卻是醒
當你是一個美麗的夢

我卻是破
當你是一顆帥氣的泡泡

我卻
你確

你確是詩
我卻只是詩的主旨

你確是小說
我卻只是大意

你確是世界之總和
我卻只是相機

你是愛的本身
而我只是要

你是我的肉
你是我的菜

我卻是生鏽嫩肉鎚
我卻是故障果菜榨汁機

美的美德記

醜的美德記

「突然獨身」
或有可能
我未來的情人就在
附近走動
多年以後我們會驚呼這巧合
然而
從現在開始一直到永遠，我決心
不與他相遇
就讓未來的「我們」只存在平行時空
「突然獨身」

或有可能
我未來的情人現在在附近打了一個噴嚏
不知道
我暗自許下毀滅性的誓言
（也許這反而
是好
他轉而吃到
像ＭＩ、體育悍將裡更優的菜）
「突然獨身」
非菜的我必須愛惜
愛惜自己的肉（大部分
是贅肉）
我必須比未來的情人更
猴急，熊抱，貓叫春——對自己

在未來
平行時空
他的指間會在我肚腹上遊走
現在我決心自己開墾拓荒
撫摸當作翻耕
鬆弛的臂部
凸出的肚腩
因為太久沒練而下垂的胸肌（其實
只是乳房）
小腿、大腿
我幫它們按摩
你辛苦了
肌肉們
贅肉們

雖然我覺得是你
害我在邂逅的開頭直接
抵達愛情的盡頭
我還是要對你好，垮掉的一帶
「突然獨身」
自己要比情人還更愛自己
這樣才是對
「期望—失望」反覆循環
流口水
而沒辦法真的流下（通常只能默默吞嚥，假裝
若無其事）
太多次了
心灰意冷

就把緊繃的瘦痛像豬肉鬆一樣鬆開
活絡經骨　東摸摸　西摸摸
不怕髒
也順便幫自己的腳掌腳底按摩
依序讓自己身心相伴
飄浮到沒有自己的渡假島
從只剩自己到沒有自己
「突然獨身」

．「突然獨身」，香港作家葉志偉的長篇小說名。

驟夜

I

夜的窗玻璃
反映每一個赤木晴子的臉
有些影子——被拖得很長
有些路
其實是別人的家

II

黑是那樣光滑
黑才剛剛哭過
天空的鱗片波動

灑落了
直子的心
的所有碎片

Ⅲ

驟夜
我不能揣想
沒有心怎麼辦
但現在已經是

Ⅳ

水罐也凜然不動
夜是冬天的
一切地面的微塵
都被寧靜冰凍了

Ⅴ

夜的窗其實我羨慕你
果敢與自己的瞳仁對視。你
拋下你不在乎的人
在遙遠

Ⅵ

你是面向太陽的
好好
我看著自己的夜
變成了過去

Ⅶ

有些燈的佇立
帶來影的滅亡
我渴望光，我畏懼光

Ⅷ

我願意
為黑辯護
儘管所知甚少
暗樹風浪
國小的無人操場
夜
與謝野晶子的髮
變成虛線　逐漸模糊了

冶煉之夜

——「金屬的發現，自夜的混亂棉絮中」

夜，一個執法者
要把白天所忘在車上的
記事本，一口氣判決

夜，一台計程車
清理意識的內部
以一種非得繞遠路的方式

而夜，一個不斷換方式組織
一再以各種角度敘述，逐漸成形的

思索。而……夜所籠罩、且不斷運算的心
是因遠行而離家兩天的空房間

貓在裏頭疾走，便溺
混亂的排遺，痛苦的冶金

0517

I

在我全部的詩藝，我的雨占了三分之二

II

我珍惜因崩毀而剎那孵育出的詩／在心裡／像剛爆出來的打火機的火／
以雙手輕輕護住它／……／很可能，這是我唯一的代償

Ⅲ

我很笨，我很天真。／我很天真，我很笨。／雨是我的盔甲／大量的水／
使別人害怕／雨也是我國王的新衣／令我透明得近乎全然敞開／
敞開的人總柔軟得彷彿碎裂／森林兀自承受雨的淚流／我走進神祕森林／
再不回頭／一個結界／永世不得翻身

Ⅳ

送給我河的彎曲／送給我突來暴雨／送給我未曾想過靜止過後／
死後才出版的愛情／送給我可重複拭去再書寫的羊皮紙／
熱烈的關鍵字恰恰純真遺落了／送給我夢的旅程／行李已與同伴先行走失／
送給我拳頭般渺小的心／散射的憂鬱要比宇宙還浩瀚／／
森林早已存在了，雨也是／憂鬱早已存在了，死也是

詩課

I

在深夜，才剛關燈
復又開燈拿筆記下
那是生活與語言完美校準的一刻
微觀下
筆尖石墨滲入紙張凹凸縫隙
或者指腹與鍵盤交鋒
爆出光火雷電

II

是獸的背紋
或熱淚漫面的曼陀羅
是後現代圖像詩
抑或復古時裝的飛鳥紋
是年輪的刻痕
甚至青銅器的上古銘印？
每個寫詩者都在尋找
自己的心靈圖像
因而
腦中化學物質
尋找到流動的方向
意象
尋找到自己的口吻
像終於遇見自己的
雙生靈魂

Ⅲ

問
Am I writing
不問
Am I a writer
被靈感吊起來
亢奮，疼痛
全部的肉身迷失
激流，情緒
在早晨起來
用力以水柱
沖自己的臉

IV

在雜物房
凌亂棄置的摸彩箱
手伸如欲
（且只有一定機率）
收割世界的純粹
對詩的愛
便是
專心凝視每一個你
看進去很深

風、流、美

I

有些風粒子的碰撞是難以計算其威力的
有些流的光幻是難以計算其克拉的
有些美的捕夢網是難以計算其面積的
有些迷幻藥
有些痙攣
有些難以計算
有些秒數的
有些電氣的海妖是難以計算其分貝的
有些搖擺　有些幽靈船　有些海底旋律　有些密室傳音

有些畫的顆粒是難以以理性控制不再以指掌碰觸的

II

樹高枝椏凹槽處
有些擺放著迷你棺材
必須以特定的角度仔細瞧
才能在某巧妙的時辰瞥見這
完美的刺殺

有些蕨葉蕨葉自樹梢落
到地面
變成了波羅蜜巨葉
展示三段轉速的一次墜落
地心因有些意象震動而震動，開始
儲蓄巨大的生機

有些雨林夾在生與死的空隙有些空隙
是準備召喚史前時代翼手龍前來爆破的

Ⅲ

有些
髮橫跨今生與逝去有些
間隙容納屏息與鋁箔包突然被踩破的聲音有些
驚愕如紙杯傳聲紙杯
只有擁有神祕棉線的人才知曉
其滂沱與肆虐與汪洋

有些
美，真真如小刀迎面飛來
你沒法接招

歐拉拉不是一定要

「我跟你一起革命／但是允許我可以隨時逃走」——夏宇老朋友

「以前因為不自由而寫詩，現在卻因為寫詩而不自由」——李雲顥小朋友

我為什麼一定要寫詩？

我為什麼一定要繼續寫不然就等於吃詩的豆腐？

我為什麼不能一邊寫詩一邊做網拍、一邊寫詩一邊追星

像那些同時吞劍吐火順便玩三顆球的小丑？

我為什麼一定要集中一切精神關注詩事

不能三天打魚兩天讀詩？

我為什麼一定要每首詩都是精華不得增減一字我又不是京華城？

甚至世界上毒澱粉塑化劑瘦肉精三聚氰胺那麼多？

我為什麼一定不當個假貨？

我為什麼不那麼純粹就把自己歸類（或調侃自己）為假貨？
我為什麼一定要對詩焦慮？
我為什麼不能撕下詩集一頁噴穩潔來擦窗戶畢竟《Salsa》很容易撕破？
我為什麼一定把一切詩的雜質排除？
我為什麼一定要有虔誠的心靈？
倒不如一邊寫幾行詩一邊看《康熙來了》的重播？
倒不如出了一本後悔的少作接下來渡過千驚萬險的愛情年老才驚覺「啊！
忘了寫詩！」於是再補交作業？
我從19樓窗戶看見對面大樓有一對情侶在擁吻他們以為沒人看見
我為什麼一定要把這意象記錄下來而不直接脫下褲子打手槍？
我為什麼一定要寫詩假如
假如我一點一點突破了限制？
我為什麼一定要跟你、你或者你一樣？

（不）登大人的
完美生活提案

婚禮前夕暗面

將眠未眠之際
千分之一的意識
暗室
察覺小貓子仍走來走去

像我

像我留戀這場夜，不知在尋找什麼
即將變成的「昨天」
很多昨天
很多很多懸念

姊姊，你會不會想
走到另一個房間
錯過自己的婚禮？

城市裡多了一把傘
傘緊緊抓住姊姊的手
說要一生為她遮風擋雨

他真好
非常帥，長得像木村拓哉
財務也很穩定
是務實的摩羯座

很快地

是有一把傘撐開，斜擺室內地上
等待
等待晾乾
水珠：兩人明日以前經年的孤獨

把傘收起來
從今
而後
誰支持誰變成了鋼骨
誰保護誰化身為傘面
甜美的都是辛苦的
卑微的終將成為踏實的

密密麻麻

時間像豪大雨降下來
一顆一顆打在我身上
姊姊，走吧
有人在等你
別做我的光
做新世界的屋脊和橋梁

・2012年12月9日，從小和我相依為命的姊姊要訂婚了。
・結婚是喜事，我卻寫這種詩。（揍自己）
・第四段典故出自夏宇。〈腹語術〉：「我走錯房間／錯過了自己的婚禮。」

榕榕

滿天流星雨
幾千萬顆星
其一
偷偷融進腹裡
那是你

不小心煮開了
很多哭聲（時間到了——）
你結束小世界的漂浮
溜滑梯到大世界繼續
星冰樂

斑比

我對牠有愛情
牠對我有異能：
給牠以拉環彈鋁罐的聲音
給牠以水龍頭的水流
　　米杯勺乾糧
　　麻雀在撲翅
　　手穿過毛的刮搔——
四種吉祥集合的聲音

然後，牠的伸展筋骨顛倒勇
廝磨腿脛散播愛
蓋章核可
確定認證
拍板定讞
「喵」的一聲：你暫且可以退下了

河童去見洗頭小姐（妹）

躺在洗髮椅
髮流水流意識流
河童的思潮哦
我好像法國人普魯斯特哦
對你柔軟的乳房
我大剌剌注目，一點兒都不擔心
就這樣墜入校園的牧場
我的太陽穴在你的擠壓之下
也湧出了不可能的鮮乳
髮流水流意識流
河童的思潮哦

我頭頂的儲思盆
不正常放電對你（這怎麼可能）

你遇見我的方式
好柔，好軟，好像
跌進小蓮風格的
阿爾卑斯山山谷
雖然我不欲求你
（我想那一定是全世界最可惜的事）
可是你的神仙指頭
可是我被草尖撥彈的頭皮
可是我到天涯去追夢的穴道們
……

流過來流過去
髮流水流意識流
河童的唱反調哦
現在
我好像一個快樂哦
我好像一個放鬆哦
我好像一個風流哦
我好像很帥
很值得被詳細
儘管荒涼的巖石明天早上醒來
說不定這真的是戀愛。
（儘管我好像
好像一個普魯斯特）

很可能，真的

真的，沒錯

說不定這真的是

對！

不流淚配方

給 Joy

如果你在夢裡不小心睡著了
從另一個夢墜入更深的夢
像是自人間走入更遠的人間
時間的陰影連天使都覆蓋
雨下起了小刀
挾泥帶沙
侵蝕所有的歌與畫
我將為你清洗
所有的複雜
所有的複雜
以不流淚配方

思凡

我要做你的天使
使你也有伴陪
看見誰不是如此人皆有過錯
我也有撕開傷口的激情

放棄成為神的同在
自願留級世界
我要飛往
那些鑽進自我介殼
一路下降至洞穴底部
自苦的你

不要傷害別人
也別輕易感到被傷害
有些時間的浪
洶湧拍打滲入身體的洞
身體的洞是被掩飾的身世
在門後等待的我在年少時佇立
我願意被你召喚回來

是你對我好
容許我得以陪伴
是我謝謝你
讓我做你的天使
我不會難過
反而最為幸運

大概是我耽溺人間
也曾經把苦澀編進喉頭
不斷重唱
身而為人的哀歌
我將
一次次
造訪
學習
一整個世界的苦難

降神

親愛的，你來
唯我看見你的苦難
你用你的，淘選我的
體內化石百年
聚積都是疼痛
放射性定年法靈視彼此
過往連續煙雲

我們倆如此黑暗
卻能互相放光

變得活生生

首先凝視彼此
繼而
各自成為自己的孤島
好，接著
練習呼息吐納把對方輕輕捧起
再來，放鬆
放下
甚至，放空
慢慢來
記得
進步只要一點點

敢踩生活的地雷，上火線
被夾到手後還敢繼續關車門

安心，上路
敢倒車，偶爾失敗連環撞
踩緊油門趁敗追擊

我也會
離棄我安適的宮殿
離棄父王、母土
離棄所有意義的嬰兒肥

直到一日
我不再敬畏
大頭、照顧
我的青鳥才反而得以翱翔
墜落
再奮起
變得活生生

光輝中夢

光輝中夢
白日醒又睡又醒
許多事漸漸　不一樣了
有些透明粒子
在空氣中飄移
（奇怪，透明
眼卻得見）
微霧的鏡頭制作一場香氣電影
白色絨球飄來飄去
像午後太陽雨

像寧靜巷子裡，從書店
走出來的女大生
蒲公英飄散更多我的思緒
（奇怪
我不是前幾天才孤獨
至深，也長夜
不得醒）
奇怪，那些尖銳得刺入心臟的孤獨
跑到哪裡去了
心的巷口。貓
蜷縮成一球一球
正被美夢一勺一勺吃掉

我
我要喜歡我的悲哀
我的愛
我善於包裝成哀的愛（包裝成愛的哀）
不時常沉溺在其中

我要喜歡我的懦弱
我的怪脾氣
我要喜歡我的林黛玉
尼古拉小淘氣（或老皮）

欸
唷

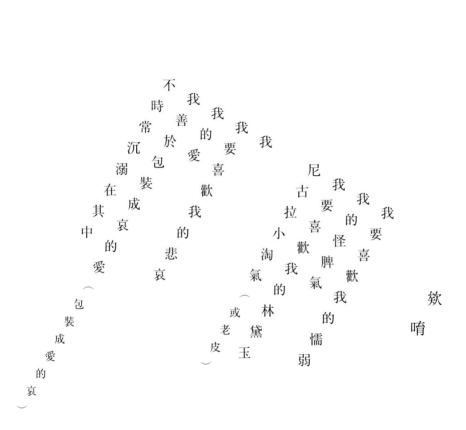

我還要

愛自己的面皰

與貧窮

格格不入

這世界

沒見過世面

三天打魚兩天晒網三天打魚兩天晒網

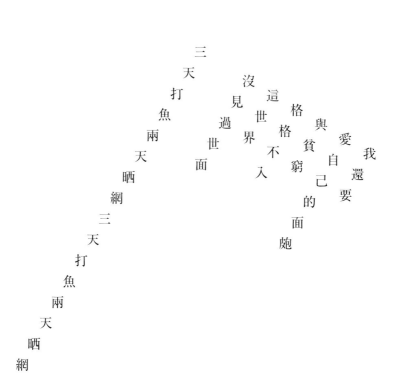

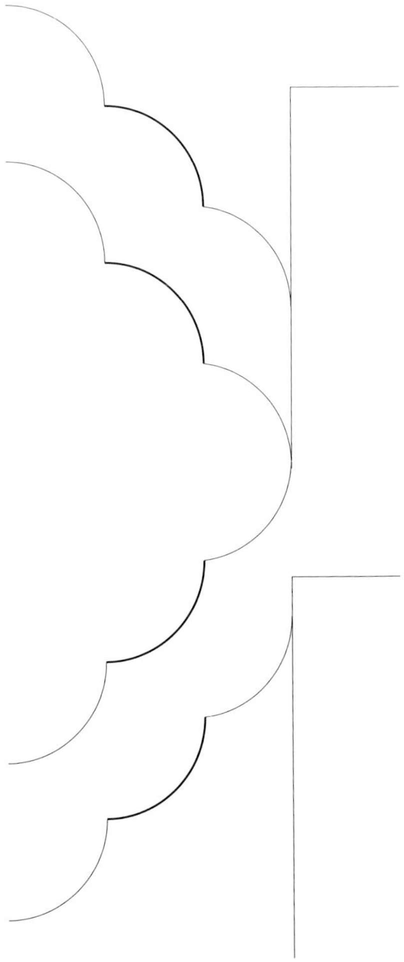

童子渡河

「河童在水邊拚命揮手，看見船已遠逝，突然岸也全然消失。」

岸的形成時間其實很短，但醒過來回想卻覺得無比漫長。

我打開水龍頭，稍一恍神，水已經溢出香格里拉洗臉盆。水的疊韻非常暈眩，下一秒，我曾行經河流又消失，它崩毀的時間和開始的時間太過相近。幾乎讓人以為那旅程不曾存在過。

我很明白，那些幾乎是幻覺的事實在我腦中歷歷如新，再真切不過。當別人扯我胡說，記憶紮實強烈，因為現實一秒，在夢裡，已是一年。

I

某一個時間點劇情是這樣的：童子乘桴渡河，不幸翻船，沉入河底至最末而失去意識，醒來的時候，躺在一個奇異的居所，變成了河童。後來，牠永遠維持此番形貌，浪蕩人間酷愛惡作劇，心智年齡只有十歲，那是牠用來解決餘生悲傷淹至咽喉（自以為是的）方法。古書記載，河童，日本的水邊的小妖怪，有鳥的嘴巴、猴子的身軀、青蛙的肢、烏龜的殼。有人研究河童其實是指一種鱷魚。「四不像吧」，那最早的無名研究者在撰寫這一個詞條的定義與描述時喃喃自語。

那個時候，喜歡惡作劇的河童常常被人趕跑（牠最喜歡玩童子拜觀音），或許牠以錯誤的方式去尋找對方的愛牠不知道。牠一邊悲傷，頭頂盛著牠的淚水，其實，沒有了這些水源，牠將變得非常虛弱。

那個時候，遠方有一大群可燃冰漂浮在海面上，墓園上，牧場上，科工館前，酒廠改建的藝術特區裡，便當街上，健保藥局前，商業碼頭前，公有零售市場上，逆滲透濾心零售店裡。

「太幸福了吧噢噢噢噢噢噢噢喔喔喔喔喔嗚嗚耶耶耶」——河童在那裡鷂子翻身、大腿舞、竹竿舞、踢毽子，一邊歡呼。好美啊，那些可燃冰讓牠醉了。

「冰也可以燃燒嗎？」河童笑得目無法紀、惡貫滿盈，牠讓頭頂上的水變成了噴泉，天女散花的水流淅瀝瀝在牠身體繞成一圓周流瀉。

「是。」一個像貓毛一樣柔軟且充滿金屬光澤的聲音慢了好幾拍出現。

河童原本要像連續劇演的一樣四處探頭誇張張望：「誰？誰在那裡？」但牠強作鎮定（只是有點害怕那個應話的誰是不是管秩序的），只應了聲：「你好。」

對方很吝嗇只浮現了自己的局部。一顆奇怪的樹瘤，一片斑駁的紋理，一圓城垛般的葉緣，一束像豬的腸子的枝條。

「你為什麼不現身？」河童說。

「那些可燃冰看起來很棒對不對。要不要一起來發明別種可燃冰？」間接承認那是牠自己的創作。晚上路過圖書館時，河童才從圖書館的一本《1976年農業部少數樹種圖鑑》裡知道這位害羞的仁兄叫做索科特拉龍血樹。

河童不太好意思地說：「我真的可以嗎？」還沒等對方回答河童就擺出了一個「欸唷人家沒有那麼好啦～」的表情。於是，河童一邊以奇怪的方式和他人溝通，一邊用牠的怪物之心捕捉四射四散的電磁波。那是一種接收外星人輻射的儀式嗎？創造可燃冰的人，不過是在世界漫遊並捕捉意象的人。透過每日的閱讀，與有限的人生（妖生）際遇，在當下，發現什麼值得顯現的事物並以此塑模。灌注自己的心／神，在可燃冰裡。大概吧。牠想。

河童陸陸續續拜訪了天狗、旱魃、獨眼巨人、羅剎，像是郵局前糾纏民眾的推銷員，逐一詢問牠們要不要一起來創造可燃冰。但是牠發現牠們各自在忙著儲存與累積牠們所需要的能量，牠們詫異：「可燃冰到底有什麼好收藏的？」每隻妖都問牠相同的問題。雖然彼此都被公認是妖怪，照理說大家應該能夠互相理解彼此。可是實際上，即便在妖怪界牠還是不被懂得。「收藏無物（collecting nothing）啊！」河童回應，並給了牠們一個「ˇˇ」的表情。

「一下子，這些東西就會流掉了耶？」天狗、旱魃、獨眼巨人、羅剎質疑。

「一下子，這些東西就會流掉了耶！」牠以吶喊回應。

牠們也不懂為什麼牠的法力不夠高強，鱗片不夠可怖，毛髮不夠兇猛，還要保留這些生鏽的迴紋針、鬆掉的綁腿、磁性快消失的鐵石，還以一種煞有介事的方式排列在地。牠離開了牠們繼續回到水澤邊，牠想，牠要拜訪更多更多河流與海洋，獨自，獨自。牠將透過和河之間的摩擦，擦出高瓦數高流明的火花，創造出河童限定的可燃冰。

河童被一個夢睡走了。在那裏，語言像是賭博一樣突然大量萎縮又突然大量膨脹。在那裏，聲音以各種方式跌倒、高跟鞋拐到腳。在那裏，地毯吸收了所有的空氣，把砂礫和塵蟎留在被抽走空氣的空中。一切都依循著運氣的法則。但是偶有例外，偶有例外的例外，這些例外的好多次方，正像出生的嬰兒吸吮的初奶那樣甜蜜幸福。

河童驚醒了，在牠的額葉、頂葉、顳葉、枕葉出現了漩渦，才剛拿筆記下，突然那漩渦產生的可燃冰瞬間消失了。該死，到底是什麼呢？只知道那可燃冰永遠不再以相同的分子結構重現了。

Ⅱ

每一次河童偷偷跑去看龍血樹，都好像走進地心。龍血樹分明在城市西南邊的那塊小台地，問題是，在牠身邊總是環繞著巨大的霧氣。

明明是個再平凡不過的地方，一旦有霧環繞，整個磁場突然變得詭異了。

感覺也有點像CLAMP《魔法騎士雷阿斯》裡面會出現的天空國度。

隱隱有樹葉摩娑的聲音，而龍血樹的枝幹各個部位時隱時現。

那是什麼？煙塵滿天。

風就這樣輕輕地吹走一點點霧，露滴緩緩自樹幹流下。

我已經一〇〇歲囉。幾乎可以聽到龍血樹自己這樣講。不過，那大概只是風聲。是剛下過雨吧。

龍血樹根部仍然有某種雨剛清洗過的煙塵。輕輕浮起來。

也許去年的雪，其中一捧被龍血樹藏起來，而召喚大霧保護牠和雪的行蹤。

樹葉掩映，窸窸窣窣，像是妖精的碎語。

像什麼奇怪的動物會藏匿在霧的深處，龍血樹分明單獨一棵存在，卻幾乎有一整座森林的深邃與厚度。

像是整個靈魂的祭壇。像無人使用年久失修的防空洞裡頭住著，零星幾位被拔掉翅膀而感覺裸體的生物。

Ⅲ

有一天，索科特拉龍血樹的樹根伸展到某個境界了，大地板塊紛紛裂開，再以另一種方式組合起來。河童在看電視，以為真的有金剛戰士要從地底出動。索科特拉龍血樹用一種質數的聲波電擊牠鼓勵牠。河童回到水涯，一邊挖土，一邊排著空奶粉罐、猴子腦骨、中世紀鎳幣、飲料店的廢塑膠袋、一座休火山、還有……古代生物屍體轉化的石油！「有可能，這些東西也像是屍骸將化作能源嗎？」

索科特拉龍血樹早已創造一種屬於牠自己的可燃冰王國，河童只是小妖，牠遂有時化作河流，有時變身孩童，有時彈吉他唱情歌，有時展演剜挖自己內臟的奇淫巧技。這些製造可燃冰的方式，四分五裂五花八門，有的時候成功，有的時候失敗。

有那麼一天，河童跑去拜訪索科特拉龍血樹，突然發現天空變成巨大的陰暗，好像太陽被射殺了，又好像是八卦山南天宮附設的十八層地獄裡面的魔鬼王全都出獄占據天空。不過，河童後來發現那只是一隻巨大的飛龍飛過遮住了太陽而有整整10分鐘的昏暗。

「其實，你也是龍對吧。不然你為何要叫龍血樹？」

「其實是哦。」

河童嚇了一跳，牠隨便唬爛開嗑牙的發言竟然是事實。「你為什麼要變成樹？樹又不能移動，不見得每天都有人都會拜訪你，樹很沉默，不會太被人注意；樹很寂寞，不具主動性，沒辦法臨機應變。這樣，這樣有好嗎？」

索科特拉龍血樹沒有回答。河童繼續問：「你是因為變成樹而沉默，還是因為是一隻沉默的龍所以才選擇變成龍血樹，到底是哪一種？」

索科特拉龍血樹還是沒有回答，或許，牠因為什麼咒語被困住了，也可能牠有牠自己的 APOLLO 在追牠，情急之下只好把自己變成樹了。龍血樹更沉默了，牠只能低下頭來繼續造很多很多，更多更多，最多最多的可燃冰，這些冰變成了深紅色——血的顏色——那是血竭。

「你看看我的樹冠，像傘，可以為很多人遮風擋雨；像外太空飛行器，可以接收整合與發射各種射線，更像你河童的禿頭——我們都有某種外星的血統。」

龍血樹繼續說：「你看看我結果後，可以把菓子分送給窮人；我的樹脂，可以當作香和染料。太多了，其實還有。」

河童回應：「第一，你的樹冠還是會有雨水篩落下來。第二，龍血樹你根本不會結果別騙我不懂。第三，現在大家都用化學顏料做染劑，你的成本太貴，大家越來越少使用天然樹脂。

「不過，我們很像，這是真的。我們都從外星來，我原本不是河童，這樣的變身之前的記憶早就該被遺忘，我卻一直記得，真是不應該。你長得不像一般的樹，太怪了。我們都怪。

而且，你需要很多澆灌，才能行光合作用。我頭頂上的水也至少要維持八分滿，那是我賴以維生的法力的來源。我們靠水才能得以存活。」

Ⅳ

河童是對人體無害的，頂多只是迷惑人罷了。所以諸君讀者或準河童們請別擔心。牠會自己用很爛的哏對大眾演說：「每個人心裡都有一個河童，只不過當你發現時，那妖已經過了——所以請好好把、好好握，製造可燃冰的時候。」（敲鑼）牠把牠的肚子剖開，把自己的小河童秀給別人看，看完再把自己的肚子關起來，要酷走掉。小河童看似無比純真，其實牠很會放屁，喜好吃別人臀內的痔，如果一日沒有完足就吵鬧不休。

牠曾記得在詩裡遇見索科特拉龍血樹，牠流下牠的溫血：有些妖怪，發光熱能源幾次，再也不變態了。牠給牠一個「八」的表情。變身比變態來得快，那些妖怪就褪下變異的色彩，就此隱沒至日常。河童擔心，河童害怕，突然想起有一個假日，在一隻名家製作的可燃冰裡，一位半臉繆思半臉魁星的神祇躺在其中，說：「有時候，小河童（或有別的名字也無所謂）就這樣走了，牠來得快去得也快，喜怒無常，你不過只是一具乩身，一根吸管，一條溜滑梯。你只是神排出的一條大便。不對，你是那肛門。——所以，這有什麼好難過的？」

半臉神不懷好意地說：「你的小河童走掉了嗎？」「沒。」河童起了防禦心，變得冷漠。「也許有一天早上醒來，牠就離家出走再也不會回來。那些如烏魚卵閃閃發亮的可燃冰，再也造不出來，河童變成了假河童，詩妖變成了人妖——那是可燃冰之神的暴政。」

半臉謬思半臉魁星的神祇奸詐地繼續說：「就算不能製造一〇一可燃冰、霹靂可燃冰、宇宙盡頭的可燃冰，無法可燃冰等身……，也沒有關係。河童追求電光石火，僅僅那一瞬間，天燈落地，冰屑與冰屑之間擦出噪音流星，在冰屑與冰屑的間隙河童要自己粉身碎骨。可燃冰要河童將自己獻祭，可燃冰要親自烹煮河童之肉。」很多事情其實很可怕的，看起來很日常運作卻很複雜，像家裡的冷氣機和電暖器。

每一天結束夕陽西下，河童都會回到水邊，向河岸遠望。只是日子久了，牠待在海岸邊的時間越來越少。牠是逐漸忘記身為人的滋味了。感覺匱乏，再到河邊取水就好了嗎，不必每天都要到岸邊去？河童因為船難而不斷製造可燃冰，到後來，是製造可燃冰的過程就會產出剩餘動能而供下一次製造更多可燃冰。接下來，河童製造可燃冰就只是為了製造可燃冰而已。地球不斷轉動，自己從別人那兒偷來的尻子玉也不斷在旋轉。這些轉動，是不是甚至能夠改變象徵命運的星星的排列？河童閉上眼睛，在那麼一瞬間牠想起所有的忘卻，下一秒鐘，又全部遺忘。那是夢。

V

「我已經累了——幻覺如此難以對付，給人慰藉，又屢次迴旋而來，」河童哭得滿臉糨糊，牠躲進一個廢棄的冰箱裡，把門關起來。「你在哪裡（的疑問）其實只是我在哪裡……」牠的眼淚和頭頂上的水源把冰箱撐破。其實，牠製作這麼多可燃冰，只不過是為了要提供光源，讓遠去的小船能夠再看見牠的方向罷了。

海浪一浪接著一浪可燃冰以五色韻母的方式發光又熄滅，小河童破肚而出又重新懷珠……這一次，河童頭頂盤子上的水洶湧溢出，而東海再度海嘯、而南海暴風巨浪，這一次，河童真的要用力搞笑，拚命惡作劇了。

「hello hello 你有在嗎？我不是已跳進甕裡、正熬煮自己了？」

1105

所謂失戀就是
往冬天的最尖端睡去
在冰河的冥河裡下沉
不願意或無能力醒來

所謂走路就是
反覆咀嚼繼續走路的原因
不知不覺已挨過些許時日
還沒弄清楚——為什麼持續向前——我已經穿越了嗎

真想遺忘的事
總像帳篷籠罩我
甚至成為住所
我還是想對你說話

「你在那個端點已經盡力了
我也在那個端點已經盡力了
你不是有意要傷害我
你也知道我不是有意要傷害你

「如果你曾傷害過我
那是你不得不去做的
如果你曾傷害過我
只因為你是個凡人

「所有終究會分開的
不是我不好
也不是你不好
只是代表我們是凡人」

歲月終究如沙瀑暴漲掩埋，所有的喪事

✡

「我不是有意要裝可憐
你也會明白我必須透過文字向前進
你會知道我不是故意的
你不恨我（也不會真的想傷害我）」

那樣就好了
我像持咒的法師守護最後一層防護罩
很緊張地念著這些咒語
往事輕易潰堤非常危險（我也會好的）

我也是有努力（有看見嗎）
這些時間也有忙著提煉自己的神
血液——穿過祈禱聲會變成什麼
我也回歸自己喏

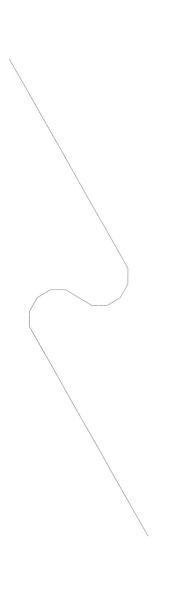

給那沒救我的朋友

À l'ami qui ne
m'a pas sauvé
la vie

小寫　詩 05

河　與　童

作者　　｜李雲顥
美術設計｜何佳興
文字校對｜李雲顥　游任道
總編輯　｜劉虹風
責任編輯｜游任道

出版　　｜小小書房・小寫出版（小小創意有限公司）
負責人　｜劉虹風
地址：234 新北市永和區復興街 36 號 1 樓
TEL：02 2923 1925　FAX：02 2923 1926
http：//blog.roodo.com/smallidea
smallbooks.edit@gmail.com

總經銷　｜大和書報圖書股份有限公司
地址：242 新北市新莊區五工五路 2 號
TEL：02 8990 2588　FAX：02 2299 7900

印刷　　｜約書亞印藝　joshua19750610@gmail.com

初版　　｜2015 年 1 月
ISBN　　｜978-986-91313-0-8

售價　　｜新台幣 300 元整

NCAF 國|藝|會　　小寫出版

國家圖書館出版品預行編目資料
河與童 / 李雲顥作. -- 初版. -- 新北市：小小書房, 2015.01
（小寫詩；5）ISBN 978-986-91313-0-8（平裝）

851.486　　　103023670

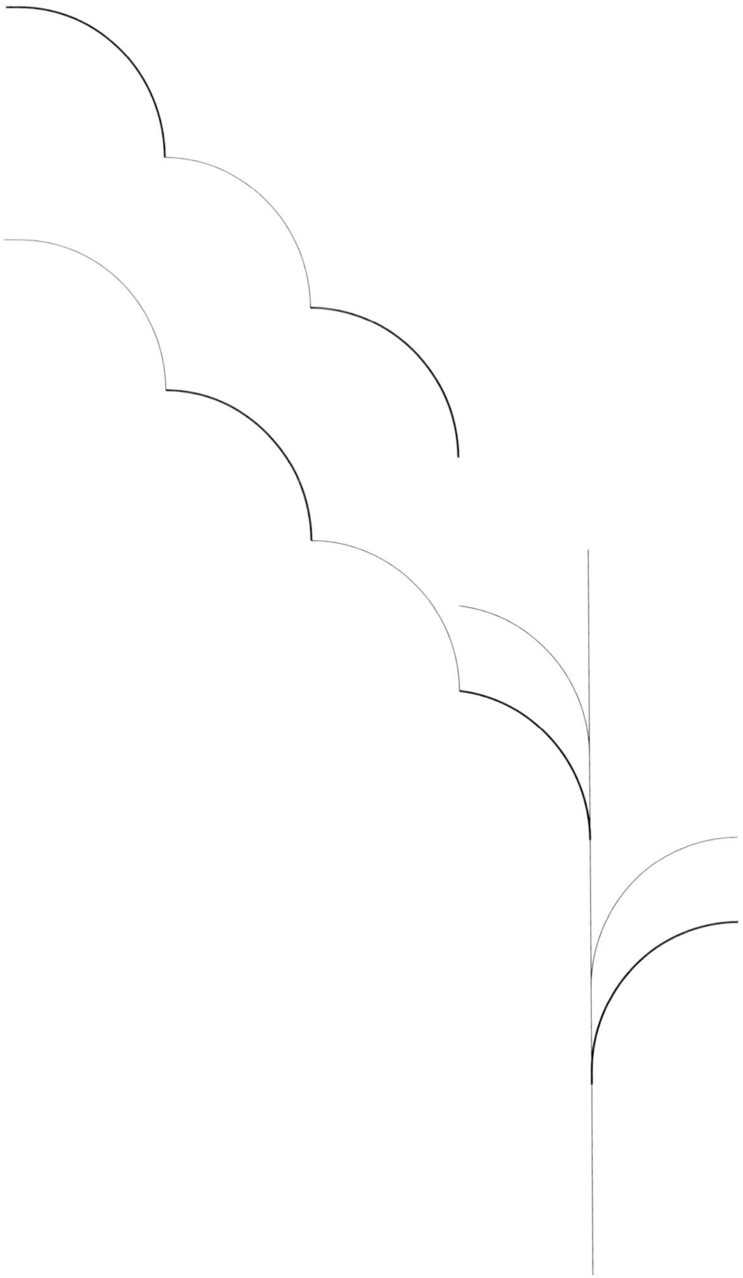